Heinz Kahlau

Zweisam

Liebesgedichte

Aufbau Taschenbuch Verlag

ISBN 3-7466-1569-0

1. Auflage 1999
Aufbau Taschenbuch Verlag GmbH, Berlin

Umschlaggestaltung Torsten Lemme unter Verwendung einer Illustration von Ulrike Vater
Druck Elsnerdruck GmbH, Berlin
Printed in Germany

Der Trieb:
Sich alles anzueignen, anzufassen,
begreifen, fühlen,
in den Mund zu stecken,
einzuverleiben,
fest zu packen, festzuhalten
und nicht mehr herzugeben,
das macht uns glücklich,
ist für uns das Leben.

Das, was uns Angst macht,
von uns wegzustoßen,
es zu verjagen, zu zerbeißen,
auszuspucken, sich ihm entziehen, fliehen,
sich vor ihm zu ducken,
es übersehen und verleugnen,
abzustreiten –
ist erst erledigt,
hört es auf zu zucken.

So sind wir unsren Ahnen nah geblieben.
Wir nennen es das Hassen und das Lieben.

Liebespaar 1930

Sie stand am Webstuhl,
er war ohne Arbeit.
Ihre Eltern mochten ihn nicht,
weil er trank.
Doch er trank,
weil er keine Arbeit hatte.

Sie hatten ein kurzes Vergnügen,
als sie mich machten.
Doch, daß sie mich machten,
wußten sie nicht.
Es war das einzige Vergnügen,
daß sie sich leisten konnten.

Als sie wußten,
daß ich kommen würde,
hatten sie kein Geld, mich wegzumachen.
Er war immer noch ohne Arbeit,
aber er sagte zu ihr:
Nun wird alles anders!
Als nichts anders wurde,
verfluchten sie mich.

Wie viele meinesgleichen
sind so gemacht und verflucht worden,
vor ihrer Geburt?

Angenommen

Wir müssen angenommen sein,
uns selbst zu lieben.
So, wie wir sind, in allem,
was wir sind.
Sonst nimmt der Haß uns an.
Aus sich vertrieben –
ahnt keiner von uns,
was das Hassen kann.

Treibt uns der Haß,
wird unsre Ohnmacht mächtig
und wendet sich dem Tod zu,
wütet blind.
Drum nimm mich an,
und nicht nur oberflächlich,
daß wir einander
nicht im Hassen sind.

Bilanz

Ich wurde schon früh
um die erste Liebe betrogen.
Mich zwang eine Hure ins Bett,
als noch nichts von dem Mann an mir war.
Sie hat mir das Hemd
mit den Schenkeln vom Leibe gezogen.
Ich hatte am Bauch und am Kinn
noch kein einziges Haar.

Ich war kaum der Schule entlaufen
und hatte bisher von der Liebe
gedacht, daß sie schön wie Musik
und so warm wie der Sonnenschein sei.
Sie ließ meine Unschuld
im Fett ihrer Brüste ersaufen
und riß im Gestöhn ihrer Brunst
meine kindliche Seele entzwei.

Ich hab in den Jahren danach
nicht ein einziges Mal mehr gelitten.
Für mich war das Weib nur aus Fleisch
und aus Geilheit gemacht.
Ich nahm, was ich brauchte,
und pfiff auf Moral und auf Sitten
und hab über jedes Gesäusel
von Liebe und Sehnsucht gelacht.

Mich kotzte der Rummel bald an,
denn ich kannte das ganze Vergnügen
und habe schon vorher gewußt,
was sich nachher ergibt.
Ich fühlte so viel wie ein Ast
und mußte mich selber betrügen
und habe nicht einmal
in all diesen Jahren geliebt.

Dann habe ich dich –
und habe mich selber gefunden
und wollte nicht glauben,
daß mich schon dein Lächeln erschreckt.
Ich habe gegrinst und gespottet,
ich hab mich gewehrt und gewunden
und hab meine Liebe so ängstlich
wie ein Gebrechen versteckt.

Du warst eine Frau –
du wolltest nicht nur dein Vergnügen.
Du hast mir gegeben,
was man nur einmal vergibt.
Ich war wie ein Kind
und mußte mich nicht mehr belügen
und wurde zum ersten Male
in all diesen Jahren geliebt.

Dein Mund

Liebste,
dein Mund trägt die Farben der Liebe,
wenn du ihn nackt läßt
im Schein deiner Augen.

Gezeiten

So viele Tage im Jahr
war mir dein wogendes Haar
Uhr und Kalender.
Ebbe und Flut bleiben wahr.
So viele Tage im Jahr
trat auch dein wogendes Haar
über die Ränder.

Weißt du?

Weißt du, daß Pfirsichblüten
innen traurig sind?
Sie haben nämlich in der Nacht
geweint,
weil sie so Sehnsucht hatten
nach dem Wind
und nach der Sonne,
die doch nachts nicht scheint.
Weißt du,
daß so auch deine Augen sind?

Geborgen

Immer, meine Liebe,
gehst du mit mir
wie mit einer kleinen Flamme um.

Vorsichtig hältst du
deine Hände über mich,
atmest du leise,
schweigst du besorgt.
Woher weißt du das nur,
meine Liebe?

Nur das

Ich will nur das, was zwischen meine Hände
gehören möchte, wenn man es entsetzt.
Ganz still und warm, inmitten all der Wände
soll es da sein, daß keiner es verletzt.

Ich will nur das, was ohne mich erfröre,
das Allzuzarte, und ich halt mich still.
Nur das, was weinte, wenn es mich verlöre,
soll mir gehören, weil ich mehr nicht will.

Mit dir

Du mußt mich machen lassen,
entblößen für die Nacht.
Sacht musst du mich umfassen,
sacht, wie von Schlaf erwacht.

Beim Beieinanderliegen
darf nichts mehr um uns sein,
Sich ineinanderwiegen,
versunken und allein.

Wenn wir dann ruhig liegen,
weil wir befriedet sind,
uns ineinanderschmiegen,
wie Erlenbaum und Wind.

Überraschung

Du mußt mir immer wieder Überraschung sein.
Wovon wird Liebe stumpf? Sie wird es auch,
wenn alles schon gewesen ist, in jedem Hauch
schon längst bekannt, schon lange dein
und nur noch einmal hergegeben, matt,
wie etwas, daß den eignen Glanz vergessen hat.
Als käme alles, was du suchst, ganz von allein.
Du mußt dir immer wieder Überraschung sein.

Aus der Entfernung

Gestern nachmittag,
als ich mir sagte:
Warum nicht ausruhn?
Die Arbeit ist schwierig,
niemand
kann mir etwas vorwerfen,
warst du nicht einverstanden
mit mir.
Du hast nichts gesagt,
hast mich nicht angesehn,
warst ja nicht da.
Ich weiß nicht,
was du getan hast,
in diesem Augenblick,
ein paar tausend Kilometer von hier,
und habe mich ausgeruht.
Dennoch wollte ich mich
rechtfertigen.
Es gelang mir nicht.

Lächelliedchen

Mein Harlekin,
wo willst du hin?
Wie geht die Zeit,
wie geht dein Herz,
wie geht das alles weiter?

Mein Harlekin,
wo soll ich hin?
Das Herz tut weh,
die Zeit ist hin
und doch geht alles weiter.

Bleib, lächle
und sei heiter. –
Sei weiterhin
mein Harlekin.

Danach

Als du mich, scheuen Blicks, für dich erkannt,
warst du, mit dir, im klaren über mich
und nahmst mich, selbstgewiß, an deine Hand,
daß mir das Blut aus allen Fingern wich.

Du warst zu jung und warst zu sehr in dir.
Dir fehlte für die Prüfung Maß und Zeit.
Die eine Antwort, käm sie nicht aus mir,
stieße dich tief in jähe Einsamkeit.

Ich brauchte lange, bis ich das verstand.
Ich ließ dich los, ich war es nicht gewohnt,
daß jemand sich so unbedingt mit mir verband.
Auch deshalb habe ich dich kaum geschont.

Bis ich erfahren hatte, wer du bist,
hab ich mich, meinetwegen, sehr gewehrt.
Dann hab ich dich zum ersten Mal vermißt –
von da an hast du ganz zu mir gehört.

Wünsche an C.

Daß dich dein Hoffen stelle
in deines Gedankens Licht,
handle, daß seine Helle
nicht an den Schatten bricht.

Laß deines Wesens Wärme
nicht an den Dingen vergehn,
noch kannst du Häme und Härme
mit deinen Sinnen verstehn.

Laß deines Lächelns Schimmer
nicht welken an Stumpfsinn und Stein.
Laß mich bei dir und für immer
in deinen Blicken sein.

Treue

Du hattest begonnen,
dich zu verraten
an diejenige,
die du sein wolltest.
Aus Hoffnung.

Nun
bist du dir
wieder treu.
Aber wem
bist du da treu,
und wen
hast du diesmal
verraten?

Tief innen

Tief innen,
wohin sich die andern nicht wagten,
ist dein Zuhaus.
Dort sieht es,
wie deine Ängste dir sagten,
noch einsam aus.

Tief innen
war alles verschlossen,
drang niemand ein.
Dort kannst du,
und würde aus Höllen geschossen,
dir sicher sein.

Tief innen,
und kommst du mit bloßen Händen,
ist alles bereit
und wartet,
um deine Flucht zu beenden,
die ganze Zeit.

Begriffsbestimmung

Sag nicht:
Ich liebe dich –
weil du mich willst.

Sag nicht:
Ich liebe dich –
weil du mich hast.

Sag erst:
Ich liebe dich –
wenn du mich kennst.

Anmaßung

Wenn zwei solche, wie wir,
über die Horizonte gehn,
einfach nur nebeneinander
über die Horizonte gehn,
wird der Himmel zu dunkel
für alles, was hinter uns kommt.
Deshalb können
zwei solche, wie wir,
nicht nebeneinander gehn.

Enteignet

Mit nichts, was ich an mir habe,
bin ich dir heil entkommen.
Sogar von meinen Sommersproßen
hast du mir welche genommen.

Konsequenz

Aus Liebe zu dir
hab ich inzwischen
all das unterlassen,
was dich kränken könnte.

Nun hätte ich
nur noch mich selbst
zu unterlassen –
aus Liebe zu dir.

Mitten im Leben

Jetzt,
da du
diesen andern liebst.
Jetzt,
da deine Augen
still in seinen ruhn.
Jetzt, Liebste,
da es mich
beinah zerbricht.
Jetzt
kann ich
nichts mehr
für uns tun.

Mitleid

Ich höre deinen Satz,
er soll Verständnis schüren,
doch kann in mir
nur Traurigkeit entfachen:
»Ich ließ mich nie
von anderen verführen,
ich wollte dir
doch keinen Kummer machen.«
So eine Haltung
ist mir fremd und neu.
Mir war man bisher nie
aus Mitleid treu.

Ewig

Was dich vor Augenblicken
so sehr lächeln machte,
ist schon nicht mehr?
Du konntest es nicht halten?

Nichts dauert ewig.
Nicht einmal das Böse.

Am längsten währet
wohl das Wandelbare.
Erlebe Augenblicke:
Das sind Ewigkeiten.

Aus dir

Was aus dir kommt, ist die Bereitschaft, einzugehen
auf das Intresse, das an dir entbrennt.
In dieses Feuer trägst du, was du findest,
was man verdorrt und abgestorben nennt.
Aus den Beziehungen, die vorher waren,
die auch verglüht sind in der Zeiten Wind,
in dem dir kalt wird, weil du selbst nicht loderst.
Du brauchst das Feuer, das dich wärmer macht.
Du kannst nur lachen, wird dir zugelacht.

Vertrauen

Nichts
würde ich dir
lieber glauben,
aber ich war
nicht ein einziges Mal
dabei –
als du mir
treu warst.

Morgentraum

Du hieltest,
die Katze im Schoß,
die Zügel des Schlittens
und sagtest:
Und wenn ich nun
zu den Soldaten muß?
Und die Pferde
dampften im Nebel.

Ich bemerkte,
wie du hinter dich sahst,
in die selbstsicheren Augen
des rundgesichtigen Tadschiken
im rostroten Umhang.
Aus dem Sack,
zwischen seinen Knien,
reckte ein weißes Lamm
seinen ängstlichen Kopf.

Es sind die Soldaten
unter die du mußt –
sagte ich beim Abspringen.

Einsicht

Was immer sonst dich aus der Not befreit,
um in dir selbst zu sein, brauchst du die Zärtlichkeit.

Sei zu dir gut, dann kannst du es zu andren sein,
und nur Vertrauen kann dich von der Angst befrein.

Alle sagen

Alle sagen, du bist ruppig
und durchaus kein mildes Reh.
Deine Seele sei zu struppig,
was man an den Augen seh.

Alle sagen, du bist launisch,
bringst du ihnen Fleisch und Tee.
Aber ich weiß alles besser,
denn du weinst ja, wenn ich geh.

Abwarten

Erst wenn du liebst,
wird es dir nicht mehr neu sein.
Du kannst nicht dir
und einem andern treu sein.

Der Tag wird sein

Der Tag wird sein, wie viele Tage sind.
Mit Licht und Lärm, mit kleinen Freundlichkeiten,
mit Hast und Lust, mit Leuten, die sich streiten,
mit dir und mir, mit Autobus und Wind.
Und nur dein Lächeln wird an diesem Tage blind.

An diesem Tage wirst du nicht verstehn,
was dir zuvor noch ganz vertraut gewesen.
Du siehst die Fragen, kannst sie nicht mehr lesen,
du siehst mich an und kannst mich doch nicht sehn.
An diesem Tage wirst du von mir gehn.

Abschiedsgeschenke

Mitten in unserem letzten Gespräch,
in dem ich dir sagen mußte,
warum unsere Gemeinsamkeiten
nun auch für mich zu Ende sind,
gab ich dir
mein Abschiedsgeschenk.

Lange noch,
wenn es mir so scheinen könnte,
als hätte ich
eine Liebe verloren,
werde ich mich
an das erfreute Glänzen
deiner Augen erinnern,
an dein Abschiedsgeschenk.

Zwiespalt

Ach, hättest du von mir verlangt,
daß ich zu dir so sei,
wie es die Andre von mir will, –
sie wär mir einerlei.
Ich bin nicht nur, wie du mich willst,
ich bin auch, wie ich bin.
Zuviel an mir bleibt ungefragt
und kümmert vor sich hin.

Ich bin kein Zweig. Ich bin ein Baum,
der viele Zweige hat,
und meine Wurzeln reichen noch
bis unters letzte Blatt.

Nähme die Andre all das hin,
ich gäbe alles her,
was sich an mir erfüllen will –
und liebte dich nicht mehr.

Das freilich sag ich dir und ihr.
Es stimmt auch ebenso
für jede Andre, und das macht
mich einsam und auch froh.

Dünnes Eis

Auf diese Fragen,
die immer wieder
von Liebenden gestellt werden,
schweigst du beharrlich.
Du weißt,
wer über
brüchiges Eis muß,
geht vorsichtig.

Rätsel

So löst du
meine Rätsel nicht.
Auch wenn du
in meine Nächte kommst,
wie der Rauhreif.
Auch wenn dein Blick
über mich hingeht,
wie ein Pfeil.

Ich habe dich eingelassen,
weil du gekommen bist,
mit einem Lächeln.
Auch deine Hände
waren verletzlich.

Nun machst du
neue Ängste in mir los.
Leg deine Brände,
streu deine Eise aus,
so löst du
meine Rätsel nicht.

Mißtrauen

Mißtrauen
schlägt die Zähne
in mein Hirn
und frißt sich durch
bis zu dem Nerv:
Ich glaube dir.

Weil ich dich liebe,
will ich dir vertraun.
Noch sage ich:
Ich werde auf dich baun
und suche heimlich
nach der Hintertür.

Du scheinst wie immer,
doch nun fühle ich
dich nicht mehr näherkommen,
sondern von mir gehn.
Die Schritte sind zu klein,
um sie zu sehn,
doch die Entfernung wächst
und wächst für mich.

Weil

Weil du so still bist,
wenn ich Spiegel hasse
und ich mich selber
nicht mehr sehen kann.
Wenn ich die Ruhe
und die Freundlichkeit verlasse
und böse bin zu dir
und jedermann.

Weil du so zart bist,
wenn ich innen greine
und meine Hoffnung
keinen Trost mehr hat.
Wenn ich ein Schwamm bin,
voll mit Schwäche, weine,
zum Hals mit Kummer angefüllt
und lebenssatt.

Weil du so hart bist,
wenn ich porig werde,
von Feigheit weichgenagt
und ausgehöhlt.
Wenn meine Sehnsucht,
hingeduckt zur Erde,
die leichten und bequemen
Wege wählt.

Drum kann ich dir
auch meine Hilfe geben,
drum bin ich, wenn du fern bist,
sehr allein.

Auf diese Weise

So also meinst du,
mußt du mit mir umgehn,
damit du mich
in deinem Dasein duldest
als einen Irrtum,
den man froh verwindet.

So machst du mich
mit Eifer klein und schäbig,
bis du bald nicht mehr weißt,
wie es geschehen konnte,
daß du und ich
gern beieinander waren.
Weil du auch dich
auf diese Weise
klein machst.

Siebentorig

So lange
der siebentorige Schmerz
nur in dir war,
schien mir,
als hättest du,
lange schon,
alle Tore in mir
erbrochen.

Warten

Ich hör auf jedes Auto, das da hält,
und weiß es doch,
daß du nicht kommen wirst.
Ich will es nicht einmal,
bevor du weißt,
daß du nicht nur
auf Abruf
zu mir kommst.

Doch wie man wartend
auf die Schritte lauscht,
so lausche ich bei Tag
und in der Nacht
auf jedes Auto,
das vor Türen hält.
Es gibt zu viele Autos
in der Welt.

Kalte Schuld

Kann ich dafür, daß ich sehr traurig werde,
wenn ich dich dort bei diesem Menschen weiß?
Ich wehre mich, weil ich mich dessen schäme,
und doch wird mir, tief in der Brust, so heiß.

Aus jeder Heiterkeit fall ich ins Hassen,
aus jeder Freude stürze ich zu Grund.
Dann läßt sich deine Liebe nicht mehr fassen,
dann kratz ich mir die alten Narben wund.

Dann kann mich deine Freundlichkeit nicht heilen
und lauernd freut mich deine Ungeduld.
Erst wenn sich meine Zweifel wieder teilen,
zernag ich mich an meiner kalten Schuld.

Zorn

Wenn du noch dachtest,
ich werde hinabsteigen
in das Halbdunkel
der kleinen Lügen,
um mich mit dir
in ihm zu verstecken,
so irrtest du dich.

Ich bin hinabgestiegen,
um deine Flucht zu beenden.

Zürne mir nur.
Die Unwetter der Wahrheit
zu bestehn
nützt dir der Zorn.

In sieben Sonetten
und einem nachgetragenem Sonett

Als wir uns trafen

Als wir uns trafen, warst du wie der Schatten,
der nur Entsagung kennt, denn alles Sehnen
war tot in dir, und deine matten,
verhöhnten Augen dunkelten von Tränen.

Du mußtest lügen, wolltest dich berauschen.
Du wolltest nicht den letzten Trost verlieren,
den dir der Trug versprach, um bei den Menschentieren,
die nur dem Trieb gehorchen, Wärme einzutauschen.

Du hattest jeden Glauben längst verloren
an das Versprechen, an die Kraft der Liebe.
Verfluchtest jenen Tag, der dich geboren.

Du hofftest, daß ein Wind dich weitertriebe,
wie ein verwelktes Blatt im Nebelmorgen.
Du warst so leer und warst so arm geworden.

Als wir uns fanden

Als wir uns fanden, mußten keine großen
und feilen Worte uns zusammenführen.
Wir konnten durch den Blick in unsre bloßen,
wachen Gesichter die Erwartung spüren.

Du warst wie eine abgerißne Blüte
im Straßenstaub, von rohem Fuß zertreten.
Ich ahnte es, du sehntest dich nach Güte
und hast dir meine Nähe nicht verbeten.

Auch ich war wund, man hatte mein Verlangen
mit Spott verwiesen und war fortgegangen.
Doch als sich dann in mir die Schmerzen lösten,

um mich in ihren Strudel einzutauchen,
war ich allein, und keiner kam zu trösten.
Doch da warst du – du konntest mich noch brauchen.

Du hast mich hingenommen

Du hast mich hingenommen, wie den Wind am Morgen,
der zwischen Traum und Wachen ein Verweilen bringt,
der vor dem Alltag noch sein Lied vom Hoffen singt,
bevor du müd hinunter musst ins Tal der Sorgen,

Du wolltest keine Liebe, wolltest nur Behagen
und suchtest Täuschung, wo sich Treue bot.
Für dich war Sehnsucht schon seit langem tot.
Erwartung hattest du zu Grab getragen.

Ich wollte lieben, wollte dir gehören,
wollte wahrhaftig, wollte ehrlich sein.
Dich konnten solche Wünsche nicht betören.

Du hattest in vergebnen, trüben Jahren
zuviel an Schwüren und Betrug erfahren.
Du sagtest lächelnd ja und dachtest nein.

Du bist geblieben

Du bist geblieben, denn zum Weitertreiben
muß man gestoßen werden, und ich war zu weich.
Du konntest überall und nirgends bleiben.
Du lebtest ohne Sinn, es war dir gleich.

Du lauschtest lächelnd meinen Lebensplänen,
wie es die Weisen oder Toren tun.
Du hattest keine Lust, dich aufzulehnen.
Du warst für solche Träume längst immun.

Ich wurde böse, wollte dich erschrecken,
und wünschte, mir, du könntest zornig sein.
Ich wollte deine Widerstände wecken.

Ich wollte dich mit meinem Mut beschämen,
um dich auf meinem Wege mitzunehmen.
Du aber hülltest dich in vage Worte ein.

Als wir uns trennten

Als wir uns trennten, hatte sich dein Leben
wohl kaum gewandelt. Du bist losgeschwommen
wie eine Barke, die, vom Ufer freigegeben,
den Fluß hinabtreibt, wie sie hergekommen.

Dich aus dem Dunkel deines Selbst zu heben
war mir zu schwer, du hast mich aufgehalten.
Du machtest meine Wärme schnell erkalten.
Was ich auch gab, du hast dich nie gegeben.

Doch eines war dir leider nicht zu Willen,
dein eignes Herz. Du konntest es nicht zwingen,
die Hilfe und die Freundlichkeit zu meiden,

die ich dir gab. Drum mußtest du beim Scheiden
dich laut gebärden. Auch hast du im stillen
wohl weinen müssen, als wir auseinandergingen.

Als ich dir nachsah

Als ich dir nachsah, ist mir klar gewesen,
daß wir uns irren, wenn wir Menschen meinen,
es könnten aneinander auch genesen,
die sich durch ihre gleichen Schmerzen einen.

Es ist wohl oft so, daß wir längst schon wissen,
wo wir versagten, aber eingestehen müssen,
daß alle Hoffnungen und Mühen sinnlos blieben,
ist viel zu peinlich, wenn wir wirklich lieben.

Ich war zu schnell von meiner Not genesen,
weil ich mich mühte, deine Not zu bannen.
Für mich war Zukunft so gewiß gewesen,

daß ich nicht merken wollte, wie die Dinge
sich gleichgeblieben waren. Denn mir war, als ginge
dein Blut in meinem Blut. Da gehst du nun von dannen.

Was dauert mich

Ich muß mich zwingen, von dir loszukommen,
was dauert mich dein hingelebtes Leben.
Ich hab dir, was ich konnte, hergegeben,
und du hast für dich nichts davon genommen.

Es ist so sinnlos, daß ich mich noch plage,
nicht jeder Scherben läßt sich wieder heilen.
Ich wollte meine Hoffnung mit dir teilen
und wußte nicht, daß ich Zerbrochnes trage.

Es war zu spät für dich, als wir uns fanden.
Ich wollte fort, du mochtest nicht mehr gehn.
Du hattest schon zu lange stillgestanden.

Ich hab dich mühevoll ein Stück getragen,
du bist zurückgefallen. Laß dir sagen:
Mein Ziel liegt weit. Ich kann nicht bei dir stehn.

Zum letzten Male

Zum letzten Male hab ich dich getroffen,
als wir dich an die Erde weitergaben.
Ich stand am Sarge und dein Grab lag offen,
weil deine Kinder mich gebeten haben,

ein letztes Wort zu sagen. Soll der Zwist nun enden,
der in uns nicht zur Ruhe kommen wollte,
solang wir beide lebten. Mit den Händen
war nur noch Sand zu streuen. Denn was sollte

mein letztes Wort? Das deine war verklungen.
Da hab ich mir das Zugeständnis abgerungen:
Du gingst mit dem Bewußtsein, Recht zu haben,

von dieser Welt. Du warst ihr nicht gewachsen.
Ich mache immer noch die gleichen Faxen
und bin noch da. Du wurdest schon begraben.

Endlich

Oft
hörte ich eine Frau
zu mir sagen:
Bitte, geh nicht,
ich brauche dich doch.

Ich bin gegangen,
die Eine zu suchen,
die ich brauchte.
Nun ist sie
hindurchgegangen
durch mich.

So lernte ich
leben zu müssen
ohne die,
die man braucht.

Warnung

Ich bin keiner von denen,
die man lieben muß.
An mir
kann vorbeigegangen werden.

Aber lehnt euch nicht
zu lange an mich,
wenn ihr
von euren heftigen Lieben
verwundet seid.
Mein Holz ist nicht kühl.

Valeria

Wir haben miteinander nie ein Wort gewechselt,
du warst das Küchenmädchen, ich der Gast.
Wenn ich zum Frühstück kam, hast du gelächelt,
als du den Nebentisch gerichtet hast.

Ich sah dich schwere Tellerstöße tragen,
trotz deiner Küchenarbeit warst du schön.
Am fünften Tage bin ich abgefahren,
du sahst mich, schon im Mantel, eilig gehn.

Wir haben uns, in Türen stehend, zugelächelt
und sprachen miteinander nicht ein Wort.
Doch deinen Namen hab ich noch erfahren,
mit deinem Anblick trage ich ihn mit mir fort.

Lesesaal

Dein Augenpaar trifft mich,
mein Nacken wird steif,
ich starre ins Buch,
ich les diesen Satz
und versteh nicht.
Ich schaue dir zu,
sehe dich an und lächle.
Du scheinst beschäftigt.

Du scheinst beschäftigt,
ich schaue auf dich,

sehe dir zu und lächle.
Ich starre ins Buch,
lese den Satz
und versteh nichts.
Mein Nacken bleibt steif,
dein Augenpaar trifft mich.

Reimzwang

Beim ersten Mai hast du mich angelacht.
Dein Mann hat mich im Dienst zur Sau gemacht.
Ich habe dabei nur an dich gedacht.
Nun habe ich dich in mein Nest gebracht,
und ein verrückter Kuckuck rief die ganze Nacht.

Schneewittchen

Ich weiß nicht wo,
aber auch du hast
von dem giftigen Apfel
Mehrwert gegessen.
Wie sonst wärst du
wie Milch und Blut
und so tot.
Dein moderner Glassarg,
Ford 69,
ist zu gut gefedert.
Wie sehr
mußt du geschüttelt werden?
Warum
spuckst du
den giftigen Bissen
nicht aus?

Ein Diamant muß sein,
wer da hindurchkommen wil .
Ich ritze
in den Glassarg
deiner Selbstsucht
ein Herz.

Als

Als ich dich so ansah,
kamst du eben
von der lauten Straße
in das stille, teure Haus,
das den Platz nicht hergibt
drin zu wohnen.
Und ich dachte:
Wie hält sie das aus.

Als ich dich so ansah,
bloße Beine
und den Fuß
in ziemlich teuren Schuhn,
an den Männerblick gewöhnt,
wie an den Regen,
dachte ich:
Sie kommt nicht oft
zu ruhn.

Als ich dich so ansah,
hattest du
ein stolzes Lächeln im Gesicht,
sah ich in die Schilde
deiner frechen Augen,
dachte:
Viele Sicherheiten hat sie nicht.

Auf eine ehrgeizige Muse

Du setzt die Vulva als Vehikel ein,
um dein Talent so hoch hinaus zu bringen,
wo es dir leichter würde, groß zu sein.
Um dein Talent gehts dir vor allen Dingen.

Doch leider, zögst du dich ganz oben aus,
wo dich von Gott nur noch ein Vorhang trennt,
dann fände selbst ein Gott nur eins heraus:
In deiner Vulva steckt dein wirkliches Talent.

Mädchen gegenüber

Wie sie mit den Augen arbeitet,
um den Mund frei zu halten
für ein Lächeln.
Wie sie ihr Gesicht
in der Hand hat.
Aber wie ratlos
sind ihre Hände.

Überfluß

Was dich so sein läßt,
ist der Überfluß.
Längst bist du allem,
was dich anmacht,
überdrüssig.
Was sich versagt,
verbirgt vielleicht
Genuß.
Paß auf,
sonst wirst du selber
überflüssig.

Brief

Was immer mich
zu dir hinzieht,
dich mir verständlich macht
und befreundet.
An deiner Erwartung
und Liebe gemessen,
ist es zu wenig.
Mich bindet zu viel.

Not

Bald sind die Monate vergangen,
die grelle Lichter sanft verhangen,
mit mildem Rot.
Nun sind die Schleier weggenommen,
das harsche Licht ist aufgekommen
und mit ihm Not.

Wir werden Harm und Kummer haben.
Wie breit wird dieser tiefe Graben
der Einsamkeit,
durch Tage und durch Nächte gehen,
laß uns nicht an den Ufern stehen-
es wird uns leid.

Glaub mir

Glaub mir,
man wünscht nicht
ewiglich zu lieben,
wenn man das ewigliche
Leben scheut.

Was du verlangst,
ist wahrlich übertrieben.
Ich lieb nicht ewiglich,
ich lieb dich heut.

Nachtigallen

Ich kann nicht schlafen unter diesem Baum.
Er ist erfüllt vom Sang der Nachtigallen.
Das würde mir am hellen Tag gefallen,
jetzt zupfen sie an meinem schönsten Traum.

Es ist der Traum, der wieder mal begann.
Es geht darin um Liebe, die nicht endet,
um einen Sturm, der sich zum Lüftchen wendet.
Mit dir fängt dieser Traum noch einmal an.

In ihm wächst eine Hoffnung wild wie Farn,
der sucht sich seine Erde zwischen Steinen,
die unter sich sein Wurzelwerk verneinen.
Der Traum macht einen Weisen neu zum Narrn.

Regenhaut

Trocken bin ich durch alles gegangen,
mir wuchs eine Regenhaut.
Ob mich Gewitter verschlangen
oder der Nebel betaut.

Naß bin ich nur von innen geworden,
in mir weinte es sehr.
Mich mit der eigenen Kälte zu morden,
übte ich immer mehr.

Du hast mir diese Schutzhaut genommen,
hast sie zerfetzt, mich gepackt.
In allen Tränen, Gewittern und Sonnen
stehe ich nackt.

Zweieinhalb

Mädchen, deine hellen Augen,
größer als dein Mund,
liegen auf mir und durchschauen
mich bis auf den Grund.

Endlich lächelst du
und gibst mir
vorsichtig die Hand.
Hielte ich doch
bis ans Ende
solchen Blicken stand.

Meine Hoffnung

In deinem Alter, Kind,
hat jeder Mensch noch Gründe,
anzunehmen,
er könnte
fliegen wie laufen
lernen.

Ich werde mich hüten,
dich aufzuklären.

Vielleicht
bin doch ich es,
der sich irrt.

Entstehung eines Kindes

Seit du da bist,
habe ich nicht länger
als drei Stunden hintereinander
geschlafen.
Du bist erst zwanzig Tage alt,
aber schon
habe ich dich zu oft gefüttert
und zu lange angesehn.
Schon bist du mit meinen Hoffnungen
ausgestattet
und hast deinen Platz
in mir eingenommen.

Wenn sie jetzt kämen,
um zu beweisen,
daß du vertauscht worden bist:
Ich würde dich
nicht mehr hergeben.

Kämpfe

Was da zwischen uns läuft, im Kampf der Geschlechter,
Gefährtin,
wird durch Liebe verstärkt und zugleich auch gemildert.
Wir schlagen,
die verletzlichen Stellen des andern erspürend,
uns Wunden,
die uns kein Fremder beizubringen vermöchte,
und pflegen
mit Eifer einander, denn solang der Verletzte sich windet,
bedarf er
der zärtlichen Hilfe, die niemand so kundig
bereithält.

Wir lieben den Gegner stets dort, wo er schwach ist,
und fürchten
ihn, wo er sich stark fühlt. Das aber erlauben wir ihm nur,
solang wir
nicht bangen, daß er nicht angreift,
weil er unsre Schwächen
erkannt hat,
die er uns selber damit bekannt macht, sosehr wir sie uns
zu verbergen versuchen.
Denn zu nah ist der Feind uns, der zuschlägt.

So treibt uns die Furcht vor der Einsamkeit
immer gegeneinander,

denn jeder vermeint nur des anderen sicher zu sein,
wenn dieser
schwach ist und Hilfe benötigt.
Zugleich auch,
da wir Besitzende sind, treibt uns die eigene Stärke
zum Leichtsinn,
um festzuhalten, was uns am anderen wert ist:
Die Schwäche.
Was wären wir ohne einander.

An einem Tag

Ja, geh nur, geh. Der Anfang hat kein Ende.
Bleib oder komme wie der erste Schnee.
Sieh in den Spiegel, sieh auf deine Hände,
und tu auch dir mit solchen Blicken weh.

Wart keine Antwort ab, sie ist für dich nicht wichtig.
Verpack die Träume, ihre Zeit ist um.
Jetzt sind nicht Tränen und nicht Lächeln richtig.
Geh oder bleib. Was jetzt noch zählt, ist stumm.

Dazwischen

Als ich meine erste
und meine letzte Liebe
beieinander sah,
fragte ich mich verwirrt:
Warum habe ich mich,
auf dem langen Wege
dazwischen,
so oft verirrt?

Die Todin

Mich traf die Todin
schon im zwölften Jahr.
Im Griebnitzsee bei Potsdam,
Sommer war.
Mein Alter hatte noch,
bevor er nach Berlin
zur Nachtschicht fuhr,
gebrüllt:
Warum bist du nicht tot!
Du störst hier nur!

Ich fuhr zum Baden
übern Babelsberg
und stieg bergauf nicht ab
vom Rad,
die Wut war groß,
ich war allein.
Hinab gings rasend
bis zum Uferrand.
Ich sprang ins Wasser,
wollte nicht mehr sein.

Die Todin fand mich
und hat mich umarmt.
Ich lag in ihrem Schoß
wie in der Sonne.

Im Sonnenlicht,
und mir war froh
und warm.
Dann trug sie mich
ans Ufer: Lebe noch.
Seitdem hat sie mich
oft genug umarmt.
Damit ich mich nicht fürchte,
wenn sie kommt.

Anfang und Ende

An deinem Anfang,
wenn da Liebe war,
war sie auch Hoffnung,
und die wird
umsonst gegeben.

An deinem Ende
brauchst du,
um als Mensch
zu enden,
nichts als die
Liebe,
die durch nichts
zu kaufen ist.

An eine Tote

Ich möchte mich
ins Fleisch der Weiber graben,
damit ich nicht mehr
nach dir weinen muß.
Ich möchte endlich
mein Vergessen haben.
Doch knöchern wird mein Mund
bei jedem Kuß.

Gebet

Ich brauche endlich wieder eine Liebe.
Sie muß nicht glücklich sein,
sie muß nur machen,
daß ich noch einmal
an den Ort gelange,
an dem die Hoffnungen gegeben werden.
Doch dorthin kommt nicht einer ohne Liebe.
Und wäre sie auch nur
von kurzer Dauer.
Und würde sie mich auch
in Stücke reißen.
Ach, träfe mich noch einmal
eine Liebe.
Nur nicht tagtäglich
dieses kleine Sterben.

Der Trieb

Lange
lief ich ihm hinterher,
seiner Leine nach,
versuchte, sie kurz zu halten
ihm aufrecht und würdig
zu folgen.
Er aber zerrte mich
hierhin und dorthin,
machte mich lächerlich
und wütend
gegen mich selber.
Sogar in den Dreck
riß er mich.

Nun trottet er
hinter mir her.
Ohne Leine.

Einsam

Denn meine letzte Liebste ist die Einsamkeit.
Bevor ich mich zum letzten Schlafe rüste,
lockt sie mich mit der Zartheit ihrer Brüste
und hat für alles einen Trost bereit,
für den noch immer nicht erwachsnen Mann.
Weil nur die Frauen ganz erwachsen werden,
wir aber wehren uns mit Trotzgebärden
und sehen alles als das Unsre an.
Das aber weiß die Liebste Einsamkeit.

Radfahren

Lieben ist wie Radfahren.
Man sieht dabei gut aus,
wenn es so mühelos geht.
Viele machen den Eindruck,
als ob es ganz leicht sei.
Von einem gewissen Alter an
kann man das einfach –
sonst grinsen die andern
und spotten.

Aber die Angst,
auf die Nase zu fallen,
schlecht auszusehen und ungeschickt,
ausgelacht zu werden und abgewiesen,
sich schämen zu müssen
und traurig dazustehn.

Lieben ist viel schwerer als Radfahren.
Radfahren kann man allein,
Lieben niemals.
Da ist man immer Tandem.
Aber gelernt muß es doch werden
wie Radfahren.

Lied an den Geliebten

Es ist nicht nur Gefühl, es ist das Wissen,
weil deine Zärtlichkeit nicht so vergeht
wie Tau auf Wiesen in der Morgensonne
und nicht erst wiederkommt, ist es zu spät.

Du liebst mich nicht, weil du mich lieben möchtest,
du liebst mich einfach, wie du leben mußt.
Drum sehne ich mich mehr nach deinem Lächeln
als nach der Stärke deiner breiten Brust.

Ich brauche dich nicht, weil ich einsam bliebe,
ich bin nicht bei dir, weil ich hilflos bin.
Ich mag mich selber mehr durch deine Liebe,
ich lebe gern und nicht nur vor mich hin.

Was alle Tage sein muß, kann ich wirklich
alleine schaffen. Aber nur mit dir
bin ich für andre Leute auch noch kräftig,
denn du brauchst mich, so wie ich bin, bei dir.

So kenn ich keinen Tag, an dem es sinnlos
für mich gewesen wäre aufzustehn.
Ich habe guten Grund für meine Sehnsucht,
und die soll nicht im Alltag untergehn.

Augenblick

Für einen Augenblick ein schönes Licht,
wohl ihres reifen Blutes Widerschein,
fiel auf sein junges, suchendes Gesicht
und tauchte es in warme Röte ein.

Sie sah ihn flüchtig im Vorübergehn,
und sie erinnerte sich seiner nicht.
Sie hatte seine Schönheit nicht gesehn,
für einen Augenblick in ihrem Licht.

Selbstbewußtsein

Ich habe sie gesehn,
als sie noch glücklich war.
Ihren Leib trug sie
wie eine Auszeichnung.
Auf alles legte sie
ihre Hände
wie eine Spenderin.
Ihr Lächeln trug sie
wie eine zärtliche Blume
vor sich her.
Stolz sah sie um sich,
nichts übersah sie,
und fast alles
fand ihr Intresse.
Als sie noch glücklich war.

In Einem sein

So haben wir einander angenommen,
ganz ohne Arg.
Ein jeder ist, so wie er war, gekommen,
in Schwäche stark.

Wir können niemals aus uns selber leben,
aus uns allein.
Wir müssen nehmen und wir müssen geben.
In Einem sein.

In Einem sein, was immer uns zerreiße,
ohne Betrug.
So mischen wir das Schwarze und das Weiße,
uns nie genug.

Immer noch

Die größte Liebe endet, sagst du: Geh!
Und fällt dein Wort auch leiser als der Schnee.
Und es zerbricht die allerschönste Stadt,
sagt jeder Mensch in ihr: Ich bin nicht satt.

Berlin

Die einzige,
die es nicht nötig hat,
liebreizend
und schön zu sein,
um geliebt zu werden,
die Mutter.

Familienalbum

Die blieben wohl
ein Leben lang
beisammen,
weil Liebe
ihnen nie
im Wege war.

Jugend

Damals
wußten wir
noch nicht,
daß der Mensch
ein Zufall ist.
Unwiederholbar.

Zweigeschlechtlich

Sie stiegen
vom Moped
und legten sich
zueinander.
Waldwiese,
Blumen
und Schmetterlinge.
In ihren Kopfhörern
hatten sie jeder
einen anderen Sender.

Marieballade

Die Frau des Hirten, selbst schon etwas ältlich
(wenngleich noch gut im Fleisch, mit blanken Augen),
sah, als das Frühjahr schwere Glieder machte,
ringsum die Lämmer zu den Müttern stolpern
und litt an blanker Angst, ihr kaum verständlich.

Ihr Mann, der Josef, der sein Handwerk ernst nahm,
war es gewohnt, wenn sie das Essen brachte,
daß sie bereit war, war ihm solches nötig,
und sah in ihr die Frau, die zu ihm paßte.
Denn sie ertrug ergeben sein Gerammel.

Was nicht mehr oft geschah. Auch Josef spürte
das Joch der Zeit schon deutlich. Oftmals lenkte
die Lust zur Zweisamkeit nur in Gespräche,
wenn Mittagsschwüle unterm Ölbaumschatten
das Leben anhielt zur verdienten Pause.

Sie waren kinderlos. Schicksalsergeben
trugen sies beide mit verschwiegnem Kummer,
und keiner gab dem andern einen Vorwurf.
Das Leben gibt und nimmt. Man sah es täglich,
beim Umgang mit der anvertrauten Herde.

Bis Ostern kam. Die Weide voller Lämmer.
Sie hatte ihren Wassersack geschultert,
der sich erfrischend an den Nacken schmiegte
und von der Stirn die dumpfe Klammer löste,
als sie, im Wasserloch, ein zweites Antlitz wahrnahm.

Wie sie da stand, schien ihr der Puls zu stocken.
Der Boden schwankte unter ihren Füßen,
die nackt und fest auf nassen Steinen standen.
Ein heißer Stich durchfuhr sie, und es schien ihr,
als hätten Hände sie im Sturz gehalten.

Das war nicht Furcht allein, da war auch Sehnen.
Der Schwindel wich erst, als der Sack voll Wasser
ihr langsam von der Schulter gleiten wollte.
Sie griff nach ihm und fiel dabei zur Seite.
Ein jäher Schmerz im Knie ließ sie erwachen.

Wie lange sie so lag, war ihr entgangen.
Erst als sie ging, bemerkte sie die Schürfung,
die ihr der Fels ins Knie gerissen hatte.
Das rieb sie unterwegs noch mit Salbei ein
und sah sich dabei um: Was war das eben?

Unpäßlichkeiten kannte sie, doch plötzlich so was?
Dieses Gesicht ... Wie kam das neben ihres
ins Brunnenloch. Wer kam ihr da so nahe,
daß nichts sie warnte? Was hat sie gehindert,
vornüber in das Wasser hinzustürzen?

Maria, die erzogen war, zu dulden,
hatte in diesem Sommer oft geschwollne Füße,
die sie am Wasserloch zu kühlen pflegte,
wenn sie, nun zweimal täglich, Wasser holte.
Sie lag dann rücklings auf den kühlen Steinen,

wähnte sich sonderbar entrückt und träumte.
Sie wartete mit festgeschloßnen Augen
und offnen Händen noch auf irgend etwas,
das sie sich selber nicht benennen konnte,
und ging, weil nichts geschah, erleichtert heimwärts.

Nachts, wenn sie dalag, ohne einzuschlafen,
erinnerte ihr Körper sich allmählich
des unruhvollen Drängens seiner Jugend
und plagte sie mit sonderbaren Schmerzen.
Ihr Geist jedoch sah das Gesicht im Wasser.

So ging der Sommer hin, der Herbst kam näher,
es zog in ihrem Leib, die Brüste schwollen,
und eines Nachts, als Josef sie bedrängte,
hat sie sich schreiend an ihm festgeklammert,
so, daß er von ihr abließ, selbst erschrocken.

Sie sprach mit wirren Worten über Träume,
litt unter Atemnot und brannte fiebernd
und konnte tagelang nichts zu sich nehmen.
Josef war ratlos. Welches schlimme Leiden
griff nach Maria? Was ließ sie so krank sein?

Am fünften Tag schien alles überstanden.
Sie brachen auf und zogen mit der Herde
langsam ins Winterlager, und Maria machte
kein Hehl daraus, daß sie sich munter fühlte.
Den steilen Weg ins Tal zog sie den Esel.

Sie freute sich verschwatzt auf andre Menschen,
wollte ins Dorf und unbedingt zum Tempel.
Auch Josef meinte heiter und ermuntert,
den nächsten Markttag sollten wir uns leisten,
bevor die Tage wieder länger werden.

Doch in der zwölften Nacht nach ihrer Rückkehr,
als sie sich eben eingerichtet hatten
und als des Volkes Zählung schon vorbei war,
als kein Ereignis mehr den Gleichlauf störte,
gebar Maria plötzlich einen Sohn.

Unverletzlich und rein

Da aber wir es nicht sind:
In uns verglomm längst das Kind,
vor uns ergraute der Stein.
Müssen wohl Engel sein.

Ach, was uns hält, ist das Glück,
so wie die Ziege der Strick.
Schmückendes Band um den Hals
hält uns dabei ebenfalls.

Aufrecht in unserer Pein.
Was unser Lächeln erhält,
suchen wir außer der Welt.
Unverletzlich und rein
müssen dort Engel sein.

Über Eifersucht

Das Messer Eifersucht
hat keinen Griff.
Wer diese Klinge führt,
verletzt sich selbst
am tiefsten.

Im Boot

Sie ließ die Hand durch grünes Wasser gleiten
und schloß die Augen. So, als würde sich
ihr Mund auf seine Küsse vorbereiten,
tat sie die Lippen auf. Ihr war, als strich
schon seine Hand und nicht die kleinen Wellen
um ihre Haut.
Es tat ihr weh. Sie mußte sich verstellen,
denn ihre Sehnsucht war ihr viel zu laut.

Er aber sah, die Augen schmal wie Schlitze,
durchs volle Sonnenlicht zum nahen Strand.
Sein brauner Rücken bog sich in der Hitze
zum Schlag der Ruder, und in seiner Hand
war nur die Lust, das feste Holz zu spüren,
mit dem er sie und sich zum Ufer stieß.
Es machte stark, das schmale Boot zu führen,
das sich den Armen einfach überließ.

So fuhren sie. Er hörte schon das Klingen
des feuchten Kieles auf dem kühlen Sand.
Dann hielt das Boot. Sie wollte es nicht glauben,
daß dort ihr Mann mit harten Augen stand.

Der Seeräuber

Da lebst du dein Leben:
Kochst Suppe, flickst Netze,
bist immer im Gange,
und keiner will wissen,
was sonst mit dir los ist.
Das ist eben so.

Dein Mann fährt zum Fischen,
du fütterst die Hühner
und singst. Jemand ruft dich.
Da schweigst du, machst weiter,
versteckst dich im Kopftuch.
Das ist eben so.

Weit draußen kreuzt einer,
von dem geht die Rede:
Der fährt nur und fischt nicht
und läßt sich nicht fassen.
Gesehn hat ihn keiner.
das ist eben so.

Und da, als kein Wind war
und nicht eine Wolke,
kam faustdicker Nebel,
kam hoch und ging plötzlich,
und du warst verschwunden.
Das ist eben so.

Die Dunhillballade

Hanusch liebte guten Tabak,
und er liebte Emely.
Als sie ihn zum Bahnhof brachte,
eines Freitags in der Früh,
frage sie: »Was willst du haben,
daß du mich nicht gleich vergißt?«
Sagte er: »Ein Päckchen Dunhill,
der jedoch sehr teuer ist.«

In dem nächsten Tabakladen
kaufte sie ein ganzes Pfund,
steckte ihm noch eine teure
neue Pfeife in den Mund.
Ihn bewegte ihr Verständnis
für Vergänglichkeit. Der Mann
trat an diesem Freitagmorgen
seine größte Reise an.

In die Fremde, zu Gefahren,
sollte er mit Freunden gehn.
Er versprach: »Nach sieben Jahren
will ich wieder nach dir sehn!«
Dann gab sie ihm viele Küsse,
hielt noch lange seine Hand.
Als sie weinend stand und winkte,
war die Pfeife angebrannt.

Siebenmal dem Tod entronnen
war er schon nach einem Jahr,
aber nie erlosch die Pfeife,
nie war ihm der Tabak rar.
Mancher Freund starb ihm zur Seite,
manche Frau lag bei dem Mann,
doch der Tabak seiner Liebsten
kam, wo immer, pünktlich an.

Hanusch rauchte ihren Tabak
bis zum allerletzten Rest.
Was auch kam, er hielt in Treue
an der einen Sorte fest.
So verstand sie ihn zu lieben,
doch ihn zog es nicht nach Haus.
Aber dann, es war November,
blieb die Tabaksendung aus.

Da erwachte seine Sehnsucht,
und die Fremde schien ihm leer.
Er schlief schlecht in sieben Nächten
und fuhr heimwärts übers Meer.
Hastig sprang er auf den Bahnhof,
rannte über Stock und Stein,
und dann trat der Heimgekehrte
in den nächsten Laden ein.

Dort, in eichenen Regalen,
lag, von ihm so lang vermißt,
wohlverpackt der gute Dunhill,
der so unvergleichlich ist.
Diesen Anblick, er vergaß ihn
auch nach vielen Jahren nie,
denn des Tabakhändlers Gattin
war das Mädchen Emely.

Zynische Ballade

Tatsächlich hatten sie beide
ein starkes Bedürfnis,
geliebt zu sein.
So liebten sie sofort,
zu ihrer Freude,
heftig aufeinander ein.

Dabei entstanden zwei Kinder,
zwei sind gesünder
und wohl auch modern.
Aber statt mit den Kindern zu leben,
sahen sie eben
mit ihnen fern.

Dann sagte mal einer
ein offenes, heftiges Wort.
Die Antwort war noch gemeiner,
da gingen sie voneinander fort.

Er zu einer ebenso andren,
sie zu sich selber zurück.
Die Kinder überstanden die Faxen,
wurden erwachsen
und wollten nach Osnabrück.

Ballade von der bewältigten Vergangenheit

I

Ihr Vater fraß als deutscher Wolf
die halbe Erde leer.
Dann kam er als ein Schaf nach Haus,
das Schlucken fiel ihm schwer.

Nun sitzt er in der deutschen Bank
und hütet fremdes Geld.
Am Abend spielt er seinen Skat
und will nichts von der Welt.

Nur manchmal singt er laut im Bad
ein deutsches Kinderlied
und weint, wenn es ihm wieder schmerzt,
daß man ihn übersieht.

Dann kocht die Frau ihm einen Tee
und streicht ihm übers Haar
und träumt davon, wie schön und stark
er doch als Sieger war.

II

Sein Vater hing am Ghettobaum.
Die Mutter trug der Wind
als Staub und Rauch aus Dachau fort.
Er ist ein Judenkind.
Von seiner Mutter weiß er noch,
sie war sehr blond und schön.
Sehr langsam lernte er die Welt
ertragen und verstehn.

III

Als er ein Mann war, lang danach,
kam er nach Nessebar
zum Sonnenstrand, wo er das Meer
zum ersten Male sah.

Am Morgen, vor die Sonne kam,
war alles still und leer.
Drum schwamm er jeden Morgen dort
allein im schwarzen Meer.

IV

Ihr Haar war blond, ihr Blick war blau,
wie Zimt war ihre Haut.
Ihr Leib war so, als hätt ein Gott
ihn für sich selbst erbaut.

Der junge Jude stand vor ihr
erschüttert, bloß und blaß.
Ihr Lächeln hielt ihn, wie er war:
Stumm, meereskühl und naß.

Er fiel ihr zu, sie nahm ihn auf.
Ihr Kuß war schwer und still.
Gewaltig treibt die Liebe an,
was sie vereinen will.

Dann kam die Sonne. Mit dem Licht
kam auch die Menschlichkeit.
Sie tauchten auseinander auf
und lagen nun zu zweit.

Und hatten Namen, Sprache, Land
und fragten sich danach.
Sie hörte, daß er Pole war,
und deutsch klang, was sie sprach.

Sie hört noch immer, wie er schrie,
als er ins Wasser sprang.
Sie fand man bald. Sie lag am Meer
wie angespülter Tang.

Er kam nie wieder. Sie genas
nach langer Dunkelheit.
Sie fürchtet sich vor jedem Meer
und hört nur, wie er schreit.

Sie weiß nicht, wer ihr Liebster war,
sie sieht nur sein Gesicht
und sieht, wie er im Meer versank.
Fragt nicht. Sie hört euch nicht.

Retortenbaby

1988

Junge, gesunde Ärztinnen,
in blütenweißen Gewändern,
werden eines hellen,
nicht allzufernen Tages,
feierlichen Schrittes,
der geschundenen Menschheit,
auf einem sterilen Kissen,
das erste wirkliche
Retortenbaby
entgegenhalten.

Einwandfrei,
wird der große Herrschende flüstern,
weg mit den Frauen.

Nachtrag 1999

Bis dahin
lernen die Männer,
nach Implantation
eines Mutterkuchens
und eines Embryos,
Schwangerschaften
auszutragen.
Sozusagen
als Ausgleich
einer biologischen Ungerechtigkeit.

Humanmedizin

Gleb und Ludmilla, SU-irgendwo,
fielen in Liebe und liebten sich so,
daß sie danach einen Knaben gebar,
der aber leider nicht vollständig war.

Bei der Entbindung, man sah es zu spät,
wurden die Samenstränge verdreht,
da sind dem Jungen die Hoden verdorrt.
Also fiel seine Männlichkeit fort.

Gleb und Ludmilla entschieden sich so:
Wir werden dieses Kindes nicht froh.
Zwei Wochen alt war der Sohn, doch zurück
schickten sie ihn der Entbindungsklinik.

Das hat die Ärzte verwirrt und geniert.
Ehe das Kind seine Eltern verliert,
machen wir mit ihm auf unsrer Station
noch den Versuch einer Transplantation.

Von einer Totgeburt nähten sie recht
sorgsam die Hoden dem Sohn ans Geschlecht,
machten ihn wieder zum richtigen Mann.
Nun nahmen Gleb und Ludmilla ihn an.

Haben seitdem an dem Sohn ihre Freud,
lieben ihn heftig, nichts tut ihnen leid.
Schon ist er zehn und wächst gut, ist normal.
Auch die Ballade braucht keine Moral.

Nur eine Frage noch: Schafft dieser Mann,
sich, in zehn Jahren, mal selbst Kinder an:
Wer ist der Vater, wer wird dann vermehrt?
Ist diese Frage des Nachdenkens wert?

Alter Adam

Für ihn ist jedes Weib wie eine Furche,
in der er, weil er stolpert, liegenbleibt.
Dabei entleert er sich und hastet weiter
und weiß nicht einmal, welche Furcht ihn treibt.

Sein Ziel scheint mir ein langer schwarzer Kasten
und sein, in Stein geschlagnes, Konterfei.
Ich sehe ihn durch alle Zeiten hasten,
er sieht nur sich und hört nur sein Geschrei.

Matcho-Nonsens

Es strebet, vom geringsten Mann
bis hin zu all den Großen,
ein jeder unentwegt hinan,
vom Weib sich abzustoßen,
das, ehe er es sich versieht,
ihn schlau zu sich nach unten zieht,
hinein in seine Soßen.

Das weiß ein Mann von Anfang an,
das merkt er sich vor allem:
Er wird, so tief er fallen kann,
noch auf ein Weibsstück fallen.
Der Fuß, den er zu Boden stellt,
trifft einen Nacken, der ihn hält,
und dieses Fallgesetz erhält
die wunderbare Männerwelt.

Früher Herbst

Sie habens gekonnt
und sie haben gekost,
geparkt hinter duftenden Büschen.
Die alten Bäume schwiegen bemoost
und Blumen blühten dazwischen.

Die Sonne versank
und der Mond stieg blank,
aus den Ästen da glotzten die Eulen.
Sie dachte daran, daß sie syphiliskrank,
und sagte, er soll sich beeilen.

Durcheinander

Die aber nicht
aneinander vorbei,
noch übereinander hinweg
kommen können,
aber auch nicht nebeneinander
sein wollen,
wegen des großen Durcheinanders,
all die liebe lange Zeit und überall –
was sollen sie tun,
wenn sie nicht hassen wollen
und nicht vergessen können,
das sie jetzt sind?
Wie sollen sie das hinkriegen,
ohne zu klammern, zu heucheln,
zu flüchten und zu verletzen,
sich und andre?

Singles

Sie wollen noch manchmal,
daß etwas geschehe
und daß ihnen wohl
dabei sei.

Sie ahnen das Andre
und treiben,
aus Angst vor der Nähe,
dicht aneinander vorbei.

Limerick

Da liebte ein Lehrer aus Wedel
ein singendes, schmächtiges Mädel.
Er wollte es eben,
in edlem Bestreben,
zur Muse erheben.
Da fiel es ihm just auf den Schädel.

Trost dem Ungeliebtem

Verlang nicht, daß sie jung ist,
du triffst sie ohnehin zu spät.
Verlang nicht, daß sie schön ist,
das gibt sich ohnehin zu früh.
Verlang nicht, daß sie klug ist,
sie folgt dir ohnehin nicht ganz.

Ist das Auge, das dich abschätzt, freundlich,
suche nicht nach Treue.
Ist der Mund, der dir schmeichelt, sinnlich,
schick nicht nach dem Zahnarzt.
Ist die Hand, die dich streichelt, zärtlich,
sieh ihr durch die Finger.

Pariser Geschäftsstraße

Vor den Geschäften wird mit Fleisch gehandelt.
Das Angebot ist dünn, die Kundschaft billig.
Stumm und ergeben hängt die Ware aus.
Ein schlaffer Hintern wird hier angeboten
und hergezeigt, als wäre er ein frischer.
Dort hängen zwei besonders pralle Brüste.
Zwei zarte Rücken und ein langer Hals
sind ausgestellt, als gingen sie nur paarweis
und wären einzeln nicht gut abzusetzen.
Hier deuten Hände das Geschlecht im Schoß an –
das wird in jedem Falle mitgeliefert.
Darüber stehn gelangweilte Gesichter.
Nur in den Augen der Verkäuferinnen,
verspricht ein Kunde mäßiges Intresse,
glimmt Handelsgier. Sie überbieten sich
und machen sich den müden Käufer streitig.
Der Nachmittag ist eine schlechte Zeit
für solchen Handel, aber diese Ware
muß abgesetzt sein, vor der Abend kommt.
Denn mit dem Abend kommt die Konkurrenz,
die frisches Fleisch, in besserer Verpackung,
mit eignen Autos zu den Kunden bringt.

Damals

Du warst so stolz
und so schön,
daß du dich aufheben wolltest
für die eine
besondere Frau.
Die von selbst
zu dir kommen würde,
um dir zu sagen:
Ich liebe dich.

Jetzt holst du
deiner Nachbarin
die Kohlen.
Sie hat einfach nur
stillgehalten
und dich nicht
angezeigt.

Primaten

Jeder Mann
will sich fortsetzen können,
mit allen Fraun,
auch seinen und ihren Töchtern.
Die Söhne andrer Männer
will er töten.

Jede Frau
will Kinder aufziehn,
egal von wem.
Ob sie die Kinder kriegt,
findet oder stiehlt.
Sie will nähren.

Alles andere,
was da inzwischen
getan, gefühlt und gedacht wird,
macht Menschheit möglich.

Wir haben uns gefesselt damit,
um nicht erfrieren zu müssen
an Einsamkeit.
Aber
wir sind auch nur
Primaten.

Schwierigkeiten der Macht

Der tiefste Haß
des herrschenden Mannes
gilt der Natur.

Daß er
aus der Frau
kommt.
Daß er
in die Erde
zurück muß.
Daß er
Natur
sein muß.

Dieses dumpfe
feuchte, warme
wuchernde
Ungehorsam
in ihm.

Sultaninen

Es waren Eunuchen,
die, dem Sultan zur Freude,
die kernlosen Weinsorten
gezüchtet haben.
Die Sultaninen.

Die alte Frau,
die, in der Teestube in Baku,
als einziges weibliches Wesen
geduldet wurde.
Jemand mußte
die Pißrinnen putzen.

Die eigne Mutter
auf den Armen hochhaltend,
latschen sie über die Frauen,
um gute Söhne zu sein.

Saga

Als einst vier untrennbare Freunde sich
in eine Frau verliebten, die sie Engel nannten
und voreinander voller Gier entbrannten,
rief sie ihr Engel, frug sie: »Wollt ihr mich?«
Und als die nickten, die sich Mut antranken:
»Entweder alle vier und nur einmal,
oder der eine, den ich wählen würde,
den zwar für alle Zeit, ohne zu wanken,
oder ihr schlagt es euch aus den Gedanken,
was ihr ersehnt, und laßt mich alle gehn.
Ohne, daß einer wagt, mir nachzusehn.«

Worauf sie ihr, benebelt und von Sinnen,
geeint im Zorne zeigten: Kein Entrinnen
für dich, außer sofort ins namenlose Nichts.
Und mordeten sie steinernen Gesichts.

Auf den letzten Blick

Märchen

Er hatte noch elf Stunden zu leben.
Jung, wie er war,
hatte er im Zorn
einen Beamten erschlagen.
Dennoch wurde es
seiner Frau gestattet,
Abschied zu nehmen.
In Begleitung
einer straffen Aufsichtsperson.
Seine Frau brach,
über seinen Gleichmut,
zusammen,
nur das bewegte ihn noch.
Die Aufsichtsperson
bemerkte sein Mitleid.
Für einen Augenblick
stieg sie an seiner Statt
auf das Schafott.
Das sah er ihr an.

Privates

Sie hatten sich lieb,
aber er war ein Mann,
den man suchte,
von Staates wegen.
Doch er blieb,
weil ihr Haar
ihn leichtsinnig machte,
wie Sommerregen.

Als sie ihn bei ihr,
eines Morgens um acht,
in den Armen fanden,
blieb sie noch lang in der Tür,
er hatte gelacht,
sie den Grund nicht verstanden.

Sie besuchte ihn noch
an dem Gitter
mit den Beamten.
Das machte sie bitter,
wie er schwieg
und sah nach der Uhr,
der verdammten.

Niemals hat sie erfahren,
warum sie ihn weggenommen haben,
von ihr in der Früh.
Er aber träumte noch lange
von ihren Haaren,
weil er gefangen wurde
durch sie.

Krieg der Geschlechter

Der Mann – die Frau. Der Pimmel und die Möse.
Wer hat die Macht. Wer handelt und bestimmt.
Das Wahre und die Ware. Gut und Böse.
Wer hat das Recht zu geben und wer nimmt.

Scheinbar gesiegt scheint hier der Mann zu haben.
Doch sehen wir uns diesen Sieger an:
Alles gehört ihm. Alles soll ihn laben,
wieso zieht ihn die Feindin in den Bann?

In diesem Krieg kann keiner ganz gewinnen,
wie sehr der Mann gesiegt zu haben scheint.
Wie könnte er dem Fluch der Macht entrinnen,
was macht ihn frei, daß er den Sieg beweint?

Was wollt ihr über Schicksalhaftes weinen?
Wohin verführt euch die geschickte Hand?
Die große Waage macht aus scharfen Steinen
im Licht der Sonne weichen, warmen Sand.

Elegisches Rondell

Auch die sich lieben, haben es nicht leicht.
Selbst wenn sich ihnen nichts entgegenstellte,
was ihnen ihre Lieb und Lust vergällte,
wenn jedes Hindernis von ihnen weicht –
bis sie den höchsten Punkt des Glücks erreicht.

Und nur noch Traum die heißen Stirnen bleicht.
Weil bald der Neid um ihre Füße schleicht,
bis böser Leumund an den Türen schellte,
der Eifersucht gespaltne Zunge schnellte. –
auch, die sich lieben, haben es nicht leicht.

Weil keine Liebe einer andern gleicht,
wenn sie die höchste Harmonie erreicht,
wo Widerspruch aus heisrem Halse bellte.
Wenn erst das Hoffen jenem Ahnen weicht,
als ob es scheues Wild zu hetzen gelte
und sich den Ängsten nichts entgegenstellte.
Auch die sich lieben, haben es nicht leicht.

Übung zweisam

Wie ist es möglich,
daß die linke Hüfte
zur rechten Hand gehört.
Dein rechtes Auge
zum linken Bein,
daß deine beiden Daumen
nicht völlig gleich sind?

Was läßt dich glauben,
du seist ein ganzer Mensch?
Du weißt doch selber,
du wirst so oft
mit dir allein
nicht fertig
und hast ein Leben lang
mit dir zu leben.

Da kannst du dich
genausogut verdoppeln!
Zu zweit
erträgt sich jeder
etwas leichter:
Man hat für jeden Kram
sein Gegenüber.

Im Spiegel,
drück dein linkes Auge zu,
blickst du dir nur
ins rechte.
Doch bist du
zweisam:
siehst du
in dein linkes.

Frauenmonolog

Ich habe heute nacht um uns geweint.
Du hast daneben tief und fest geschlafen.
Ich sah in dein Gesicht und hab gemeint,
du spürst noch, wenn dich meine Blicke trafen.

Seit sieben Jahren bin ich deine Frau,
steh im Beruf, wie man so sagt, und mache
den Haushalt nebenbei. Nicht sehr genau,
denn auch die Kinder sind noch meine Sache.

Wenn ich am Spiegel steh und seh mich an,
das mach ich manchmal noch vorm Schlafengehn,
fragt mich mein Spiegelbild: Für welchen Mann
willst du, mit solcher Mühe, gut aussehn.

In der Kantine sieht mir mancher nach
und hat wahrscheinlich kaum etwas dagegen …
Doch du merkst nichts, ich liege bei dir brach,
in unsrer Ehe sind wir nur Kollegen.

Ich denke auch, vielleicht betrügt er mich,
und bin zu müd, darüber nachzugrübeln.
Ich geh ins Bett und warte doch auf dich.
Dies Warten ist das Schlimmste von den Übeln.

Dann kommst du endlich, und ich weiß genau,
du kommst nach Hause, um gleich einzuschlafen.
Zu reden gibt es nichts mit deiner Frau.
Wofür willst du mich eigentlich bestrafen?

Ich kann mir denken, was dich hier noch hält.
Du wohnst ganz gut, du kannst dein Frühstück essen,
und deine Frau verdient sich selbst ihr Geld.
Und wenn du willst, kannst du uns leicht vergessen.

Noch bin ich jung, noch hat es einen Sinn,
noch ist es leichter, ohne dich zu leben.
Das kleine bißchen, das ich dir noch bin,
ist mir zuwenig, um mich aufzugeben.

Wohnung nach der Scheidung

Ihre einstigen Bewohner,
welche bis auf weiteres
die vorhandenen Schlaf-
und Sitzgelegenheiten
benutzen und mitunter
ihre Mahlzeiten einnehmen,
halten weiterhin
Begegnungen ab.
In den Behältnissen
lagert ihre Habe.

Brechen sie irgendwo auf,
sagen sie manchmal noch,
sie gingen nach Hause.
Doch sie bemerken es sofort
und verbessern sich.

Aus alter Gewohnheit
ziehn sie beim Blick
auf das Loch in der Tapete
die Stirn kraus – aber
sie heben die Hand nicht mehr.

Hier
gibt es keine Zukunft
und keine Pläne,
hier verblassen Gewohnheiten
und Sitten,
hier bleibt die Luft kalt,
hier wohnt niemand.

Einsamkeiten

Das sind die Einsamkeiten, die wir Liebe nennen.
Was uns als schiere Zweisamkeit erscheint,
entlädt zugleich die Kräfte, die uns trennen,
da uns anscheinend unsre Lust vereint.

Uns treibt der Trieb, den Gegensatz zu einen.
Stete Begier im andern zu vergehn,
da es in uns vergeht. So will uns scheinen,
könnte aus uns alleiniges entstehn.

Was darin aufgeht, geht sich selbst verloren.
Was ich begehre, leibe ich mir ein.
So wird in mir der Widerspruch geboren,
und der bewegt, wie mich, das ganze Sein.

Gezeiten

Unter Bäumen hat die Liebe noch Gezeiten,
unter Dächern ist sie so wie wir.
Kommt der Herbst den Winter vorbereiten,
flüchten wir uns hinter unsre Tür.

Lampe, Ofen, Bett und viele Kleider
machen unsre Liebe winterfest.
Doch beim nächsten Frühling spürst du leider,
daß der Herbst sich nicht vergessen läßt.

Greisinnen

Ich seh sie krumm und fleckig,
wirr und wurzelhaft,
dem Leben fern und
längst der Liebe fremd.
Und sehe Gesten,
die wie Lichtschein sind.
Und sie bewegen sich,
oft einen Schritt lang nur,
wie Göttinnen,
die beim Erinnern sind.
Und mit entzahntem Kiefer
summen sie,
was niemand mehr erkennt.
Sie aber hören noch,
ganz tief von innen her,
ihr großes Lied.

Spiel und Liebe

Immer gewinnen die Andern,
immerzu hat sich die Kugel verrollt.
Immer, weil sich die Karten verwandern,
kriege ich nichts. Sie das Gold.

Immerzu muß ich verlieren,
keiner gibt sonst noch so viel von sich her.
Immer steh ich vor verschlossenen Türen,
werde nur naß und bleib leer.

Mir bleibt die Null,
die große Null.
Was Hoffen mir auch
zu versprechen vermag.
Das ist mein Los,
mein ganzes Los;
wenn mein Glück nicht kommt,
kommt doch ein neuer Tag.

Echo

Sie war von großer Schönheit und
von lieblicher Gestalt,
an ihr war alles fest und rund
und all das war sehr kalt.

Sie fachte, wo sie stand und ging,
die Liebesfeuer an.
Doch wer auch an ihr Feuer fing,
sie wärmte sich daran.

So sehr sie Spiegel war, allein
bracht sie kein Licht hervor.
Und stand sie auch im hellsten Schein,
sie blendete und fror.

Sie hatte einen starken Trieb
und ständigen Verkehr.
Doch wenn sie einmal einsam blieb,
blieb sie zugleich auch leer.

Auf ihre Gedichte

Gedichte,
einen Tag und eine Nacht
vor ihrem Tod geschrieben.
Der Tag war kurz und sonnenwarm,
die Nacht war lang.
Wie ein Besuch, vorsichtig lächelnd
durch den Tag getrieben,
ist sie wohl lieber schweigend
in der Nacht geblieben,
in ihrer Nacht,
so träumeblind und bang.

Gedichte,
in den Wind gestreut
wie welke Blüten,
von welchen Blumen sie die nahm,
weiß kaum der Wind.
Ihr Tod hat sie gesammelt
und zum Strauß gebunden.
Ein Klagestrauß,
mit dem wir traurig sind.

Gedichte,
ohne ihren Tod
nicht zu begreifen.
Auch ihren Tod
begreifen wir noch nicht.
Am End der Nacht
das Leben abzustreifen,
als nehme sie
ihr Lächeln vom Gesicht.

Bist fort

Im Traum
hab ich dir nachgeschaut,
du gingst,
wo nur noch Himmel blaut,
zu einem fernen Stern.
Ich kam,
wohin kein Mensch mehr geht,
wo kaum
uns Traum noch hinverweht,
wo alles still und fern.

Wie der Sommer war,
in dem dir das geschah,
weiß keiner mehr.
Was dich je betrübt
und was du hier geliebt.
Alles ist leer.

Du sahst
mich stumm und fragend an.
Wie kann
ich so nach Hause gehn? –
Niemand wird sehn.
Du hast
nach meiner Hand gefaßt,
und da verstand
ich deiner Trauer Last:
Du mußtest gehn.

Wie der Sommer war,
in dem dir das geschah,
gibt keinen Sinn.
Was dich je betrübt
und was du so geliebt,
das ist dahin.

Die Welt,
die sonst so wichtig war,
ging dir
verloren, ganz und gar,
wie jedes Wort.
Du gingst
aus dieser lauten Zeit,
so jung
in die Vergangenheit,
nun bist du fort.

Dein Grab
war blumenübersät,
doch alle
blühten dir zu spät,
du warst schon fort.
Im Traum
hab ich dir nachgeschaut,
du gingst,
wo nur noch Himmel blaut,
zu fremdem Stern.

Ghanesin

Da geht sie hin
und ist durch ihren Gang
wie eine Pflanze,
die das Meer bewegt.
Sie trägt zu ihren Kleidern
nur den Leib
und hat als Schmuck
ein Lächeln angelegt.

Welt

Schon
als du zur Welt kamst,
warst du
kein unbeschriebenes Blatt.
Die Natur,
deine Mutter,
hatte dir
den Willen zum Leben
und damit
die Angst vorm Sterben
mitgegeben.
So suchst du
nach Liebe,
dein Leben lang.
Laß dir das
nicht ausreden
von der Welt.

Letztes Paradies II

Ein junges Menschenpaar,
vereint sich selbst genug,
versenkt in Selbstbezug,
wies menschheitsüblich war.

Sie brauchen nichts und sind
von aller Welt entfernt,
von Liebeslust besternt
für alles ringsum blind.

Der Himmel drüberhin
als Kuppel aufgebaut,
strahlt gläsern und verblaut,
mit sonnenhellem Sinn.

Ein Kakadu durchschwebt
das hohe Kuppelrund
und Falter gaukeln bunt,
wo Blütenduft sich hebt.

Dort quirlt ein frischer Bach
durch Busch und junges Gras.
Still äsen Reh und Has,
ein milder Wind weht schwach.

Nichts stört des Daseins Glanz.
Nur Frieden ringsumher.
Kein sturmgezaustes Meer
zerstört den sanften Tanz.

Doch dieser Anschein trügt.
Was Menschheitsträumen war,
von Kybern ganz und gar
erdacht und wohlgefügt.

Fürs letzte Menschenpaar,
das sich nicht mehr vermehrt.
Weil so der Kyber ehrt,
was einst sein Schöpfer war.

Des Kybers Dankbarkeit,
trotz maschineller Norm,
gilt einer Lebensform,
lang vor der Kyberzeit.

Das nackte Leben dort
umschlungen und zu zwein,
gelagert Bein an Bein,
an wohlbeschirmtem Ort.

Bis es von selbst erlischt,
an seiner Sterblichkeit,
für alle Ewigkeit
vom Erdenball gewischt.

Textnachweis

Aus »Fluß der Dinge«. Gedichte aus zehn Jahren.
Aufbau-Verlag Berlin und Weimar 1964:
Weißt du?
Alle sagen
Der Tag wird sein
Augenblick
Im Boot

Aus »Flugbrett für Engel«. Gedichte.
Aufbau-Verlag Berlin und Weimar 1984:
Schneewittchen
Entstehung eines Kindes
Pariser Geschäftsstraße

Aus »Bögen«. Ausgewählte Gedichte 1950–1980.
Aufbau-Verlag Berlin und Weimar 1981:
Dunhillballade
Wohnung nach der Scheidung
An einem Tag
Zorn

Aus »Lob des Sisyphos«. Ausgewählte Gedichte.
Reclam-Verlag, Leipzig 1982:
Bilanz

Aus »Fundsachen«. Gedichte.
Aufbau-Verlag Berlin und Weimar 1984:
Treue
Tief innen
Begriffsbestimmung
An eine Tote

Gebet
Radfahren
Selbstbewußtsein
Familienalbum
Über Eifersucht

Aus »Querholz«. Sinn- und Unsinngedichte.
Aufbau-Verlag Berlin und Weimar 1989:
Wünsche an C.
Abschiedsgeschenke
Reimzwang
Auf eine ehrgeizige Muse
Meine Hoffnung
Dazwischen
Anfang und Ende
Der Trieb
Lied an den Geliebten
Zweigeschlechtlich
Zynische Ballade
Ballade von der bewältigten Vergangenheit
Elegisches Rondell
Frauenmonolog
Bist fort

Aus »Der besoffene Fluß«. Balladen.
Aufbau-Verlag Berlin und Weimar 1991:
Marienballade
Der Seeräuber

Aus »Kaspers Waage«. Gedichte.
Aufbau-Verlag Berlin und Weimar 1992:
Angenommen
Kämpfe

Bisher unveröffentlicht:

Haßliebe
Liebespaar 1930
Dein Mund
Gezeiten
Geborgen
Nur das
Mit dir
Überraschung
Aus der Entfernung
Lächelliedchen
Danach
Anmaßung
Enteignet
Konsequenz
Mitten im Leben
Mitleid
Ewig
Aus dir
Vertrauen
Morgentraum
Einsicht
Abwarten
Zwiespalt
Dünnes Eis
Rätsel
Mißtrauen
Weil
Auf diese Weise
Siebentorig
Warten
Kalte Schuld
In sieben Sonetten
Als wir uns trafen

Limerick
Trost dem Ungeliebtem
Damals
Primaten
Schwierigkeiten der Macht
Sultaninen
Saga
Auf den letzten Blick
Privates
Krieg der Geschlechter
Übung zweisam
Einsamkeiten
Gezeiten
Greisinnen
Spiel und Liebe
Echo
Auf ihre Gedichte
Ghanesin
Welt
Letztes Paradies II

Inhalt

AtV

Band 1279

Heinz Kahlau
Du

Liebesgedichte

131 Seiten
ISBN 3-7466-1279-9

Dieser Gedichtband ist zum Kultbuch geworden. Immer wieder neue Lesergenerationen lassen sich einfangen von den schönen, schlichten Bildern, in denen Heinz Kahlau das immerwährende Thema Liebe beschreibt. Sie erzählen vom Sichfinden und vom Abschied, von Sehnsucht und Erfüllung, von jener Kraft, die aus der Liebe wächst. Nur mit ihr, so bezeugen es diese Gedichte, ist das Glück dauerhaft zu machen, kann der Alltag zum Ort werden, in dem sich die Liebe ein Haus baut.

AtV

Band 177

Heinz Kahlau
So oder so

Gedichte 1950–1990

192 Seiten
ISBN 3-7466-0182-7

Diese Gedichte sind Unikate, die ihren Hintersinn erkennen lassen: Das Komische hat Tiefe, der kleine Gegenstand Bedeutung, der scheinbare Unsich macht Sinn. Die Liebe allerdings ist die Liebe. Kahlau's Erfahrungen, in bewegten Jahrzehnten gesammelt und zu Ansichten verdichtet, sind geeignet, den Lebensmut des Lesers freundlich zu trainieren.

AtV

Band 1321 **Eva Strittmatter**

Die eine Rose überwältigt alles

Gedichte

127 Seiten
ISBN 3-7466-1321-3

Die Gedichte rebellieren gegen den täglichen Tod durch Selbstaufgabe und Gewöhnung. Was bleibt von den eigenen Lebensansprüchen, wenn Pflichten Grenzen setzen, der Alltag Einsicht fordert und Verzicht? Wie ist die Balance zu finden, um *übers Seil zu laufen und dabei zu singen?* Eva Strittmatter gibt die Erfahrungen solcher Versuche in eindringlichen, intimen Bildern wieder. Sie spricht von den schmerzhaften Widersprüchen, die dabei auszuhalten sind, von den Anstrengungen, sich der Verführung zur Lauheit zu widersetzen, und vom notwendigen Mut, die eigenen Schwächen beim Namen zu nennen. Ihre Gedichte bezeugen auch die Wurzeln ihrer Kraft, solche Selbstherausforderung zu bestehen: die liegen in der Bereitschaft, sich offen zu halten für die Signale der Welt – V*erführt / Vom Leben lebe ich.*

AtV

Band 1322

Eva Strittmatter
Heliotrop

Gedichte

127 Seiten
ISBN 3-7466-1322-1

Diese Gedichte sprechen von Erfahrungen, gewachsen in den Zerreißproben des Alltags. In ihrer wunderbar klaren Sprache beschreibt Eva Strittmatter die Trauer um reduziertes Leben, die zermürbenden Konflikte zwischen bindenden Pflichten und eigenen Wünschen, die Ängste vor Alter und Vergeblichkeit. Aber wie in einer Legierung, die Leben heißt, sind solche Momente des Schmerzes mit denen ruhiger, besonnener Bejahung verschmolzen. Die ungestüme Freude über erste Zeichen des Frühlings gehören dazu wie das Nachdenken über die Botschaften der Natur und über die Werte, die in Erinnerungen ruhen. Eva Strittmatters Gedichte sind poetische Zeugnisse rückhaltloser Selbstprüfungen.

AtV

Band 1007 **Eva Strittmatter**

Einst hab ich drei Weiden besungen

Gedichte

240 Seiten
ISBN 3-7466-1007-9

Eva Strittmatters Gedichte beschreiben den Alltag in schönen, anrührenden Bildern. Sie erzählen von der Natur, den Zeiten des Tages, des Jahres und des Lebens. Sie lehren hinzusehen und machen nachdenklich, Idyllen sind sie nicht.
Das Taschenbuch, ein Brevier für jedermann, ist die Essenz langer Schaffensjahre.

AtV

Band 1320 **Eva Strittmatter**
Mai in Piešt'any

214 Seiten
ISBN 3-7466-1320-5

Zum zehnten Mal sind Eva und Erwin Strittmatter im slowakischen Kurbad Piešt'any, wie immer im Mai, und wie immer treffen sie dort eine bunte, zusammengewürfelte Gesellschaft an, eine Ballung von Lebensgeschichten. Eva Strittmatter ist eine genaue, unbestechliche Beobachterin, gewohnt, hinter die Dinge zu sehen, wenn sie diese Verwirrung von Welten und Werten beschreibt und ihre Reflexionen daran knüpft: Gedanken über Zeit und Existenz, über den Preis des Schreibens, über Schicksale, die sie berührten. Mit fast unheimlicher Konsequenz, von bohrenden Selbstzweifeln getrieben, gleiten diese Assoziationen über zu den schmerzhaftesten, brennendsten Fragen der eigenen Existenz, für die sie sich kein Ausweichen mehr gestattet: Wo liegen Schuld oder Recht, wenn es um den Anspruch auf den eigenen Weg geht? Was bleibt, wenn man, dem anderen zuliebe, sich reduziert, auf Freiheiten verzichtet, die man braucht, damit man schreiben kann?

AUFBAU BIBLIOTHEK

EIN FISCHER SASS IM KAHNE

Die schönsten deutschen Balladen des 19. Jahrhunderts

Ausgewählt von Herbert Greiner-Mai
und Wulf Kirsten
237 Seiten
ISBN 3-7466-6026-2

Die Ballade gehört zu den Genres, die ihre Lebenskraft bis ins 20. Jahrhundert bewahrt haben. Die schönsten und bekanntesten, aber auch die zu Unrecht in Vergessenheit geratenen Balladen sind hier versammelt, darunter Werke von Brentano, Uhland, Eichendorff, Chamisso, Rückert, Mörike, Droste-Hülshoff, Lenau, Heine, Hebbel, Keller u. v. a.

AtV
Aufbau Taschenbuch Verlag

AUFBAU BIBLIOTHEK

ES WAR EIN KÖNIG IN THULE

Die schönsten deutschen Balladen der klassischen Zeit

154 Seiten
ISBN 3-7466-6034-3

In dieser kleinen handlichen Auswahl kann man sie alle Revue passieren lassen, die großen Balladen von Goethe, Schiller und Gottfried August Bürger. Aus seiner Kindheit und Schulzeit erinnert sich so mancher an diesen oder jenen Vers, oftmals ohne zu wissen, woher er stammt: Arm am Beutel, krank am Herzen … Wer reitet so spät durch Nacht und Wind … Hier wendet sich der Gast mit Grausen … Zurück! du rettest den Freund nicht mehr …

34 der schönsten Balladen aus klassischer Zeit zur Erinnerung und zur Neuentdeckung.

AtV

Aufbau Taschenbuch Verlag

AUFBAU BIBLIOTHEK

Heinrich Heine

LEBENSFAHRT

Hundertfünfzig Gedichte

Ausgewählt
von Herbert Greiner-Mai
und Gotthard Erler
200 Seiten
ISBN 3-7466-6013-0

»Lebensfahrt« ist eine reizvolle Auswahl der 150 schönsten Gedichte Heinrich Heines. Klangvolle Sprache, Formenreichtum und gedankliche Vielfalt kennzeichnen das Werk eines der größten und lebendigsten Dichter der Weltliteratur.

AtV
Aufbau Taschenbuch Verlag

AUFBAU BIBLIOTHEK

Bertolt Brecht

HUNDERT GEDICHTE

1917–1950

261 Seiten

ISBN 3-7466-6001-7

Brechts bekannteste Gedichte sind in dieser klassisch gewordenen Sammlung enthalten: ein Querschnitt aus drei Jahrzehnten mit Balladen, Kindergedichten, Lobliedern, Zeitgedichten und Lyrik aus dem Exil. Die Songs von Mackie Messer oder der Seeräuber-Jenny gehören ebenso dazu wie die Gedichte aus dem Exil, das Friedenslied, die Fragen eines lesenden Arbeiters oder die eindringliche Beschwörung der Nachgeborenen.

AtV

Aufbau Taschenbuch Verlag